Antiguidades

Antiguidades

CORA CORALINA

Ilustrações
LELIS

1ª edição
São Paulo
2023

1ª Edição, Global Editora, São Paulo 2023

Jefferson L. Alves – diretor editorial
Flávio Samuel – gerente de produção
Lelis – ilustrações
Equipe Global Editora – produção editorial e gráfica

Poema publicado originalmente em *Poemas dos becos de Goiás e estórias mais.*

Dados Internacionais de Catalogação na Publicação (CIP)
(Câmara Brasileira do Livro, SP, Brasil)

Coralina, Cora, 1889-1985
Antiguidades / Cora Coralina ; ilustrações Lelis. – 1. ed. – São Paulo, SP : Global Editora, 2023.

ISBN 978-65-5612-454-4

1. Poesia - Literatura infantojuvenil I. Lelis. II. Título.

23-155253 CDD-028.5

Índices para catálogo sistemático:

1. Poesia : Literatura infantil 028.5
2. Poesia : Literatura infantojuvenil 028.5

Tábata Alves da Silva - Bibliotecária - CRB-8/9253

Obra atualizada conforme o
NOVO ACORDO ORTOGRÁFICO DA LÍNGUA PORTUGUESA

Global Editora e Distribuidora Ltda.
Rua Pirapitingui, 111 – Liberdade
CEP 01508-020 – São Paulo – SP
Tel.: (11) 3277-7999
e-mail: global@globaleditora.com.br

globaleditora.com.br
@globaleditora
/globaleditora
@globaleditora
/globaleditora
/globaleditora
blog.grupoeditorialglobal.com.br

Nº de Catálogo: **4484**

Quando eu era menina
bem pequena,
em nossa casa,
certos dias da semana
se fazia um bolo,
assado na panela
com um testo de borralho em cima.

Era um bolo econômico,
como tudo, antigamente.
Pesado, grosso, pastoso.
(Por sinal que muito ruim.)

Eu era menina em crescimento.
Gulosa,
abria os olhos para aquele bolo
que me parecia tão bom
e tão gostoso.

A gente mandona lá de casa
cortava aquele bolo
com importância.
Com atenção.
Seriamente.
Eu presente.
Com vontade de comer o bolo todo.

Era só olhos e boca e desejo
daquele bolo inteiro.

Minha irmã mais velha
governava. Regrava.
Me dava uma fatia,
tão fina, tão delgada...
E fatias iguais às outras manas.
E que ninguém pedisse mais!
E o bolo inteiro,
quase intangível,
se guardava bem guardado,
com cuidado,
num armário, alto, fechado,
impossível.

Era aquilo uma coisa de respeito.
Não pra ser comido
assim, sem mais nem menos.
Destinava-se às visitas da noite,
certas ou imprevistas.
Detestadas da meninada.

Criança, no meu tempo de criança,
não valia mesmo nada.
A gente grande da casa
usava e abusava
de pretensos direitos
de educação.

Por dá-cá-aquela-palha,
ralhos e beliscão.
Palmatória e chineladas
não faltavam.
Quando não,
sentada no canto de castigo
fazendo trancinhas,
amarrando abrolhos.
“Tomando propósito.”
Expressão muito corrente e pedagógica.

Aquela gente antiga,
passadiça, era assim:
severa, ralhadeira.

Não poupava as crianças.
Mas, as visitas...
– Valha-me Deus!...
As visitas...
Como eram queridas,
recebidas, estimadas,
conceituadas, agradadas!

Era gente superenjoada.
Solene, empertigada.
De velhas conversas
que davam sono.
Antiguidades...

Até os nomes, que não se percam:
D. Aninha com Seu Quinquim.
D. Milécia, sempre às voltas
com receitas de bolo, assuntos
de licores e pudins.
D. Benedita com sua filha Lili.
D. Benedita – alta, magrinha.
Lili – baixota, gordinha.
Puxava de uma perna e fazia crochê.
E, diziam dela línguas viperinas:
"– Lili é a bengala de D. Benedita".
Mestra Quina, D. Luisalves,
Saninha de Bili, Sá Mônica.
Gente do Cônego Padre Pio.

D. Joaquina Amâncio...
Dessa então me lembro bem.
Era amiga do peito de minha bisavó.
Aparecia em nossa casa
quando o relógio dos frades
tinha já marcado 9 horas
e a corneta do quartel, tocado silêncio.
E só se ia quando o galo cantava.

O pessoal da casa,
como era de bom-tom,
se revezava fazendo sala.
Rendidos de sono, davam o fora.
No fim, só ficava mesmo, firme,
minha bisavó.

D. Joaquina era uma velha
grossa, rombuda, aparatosa.
Esquisita.
Demorona.
Cega de um olho.
Gostava de flores e de vestido novo.
Tinha seu dinheiro de contado.
Grossas contas de ouro
no pescoço.

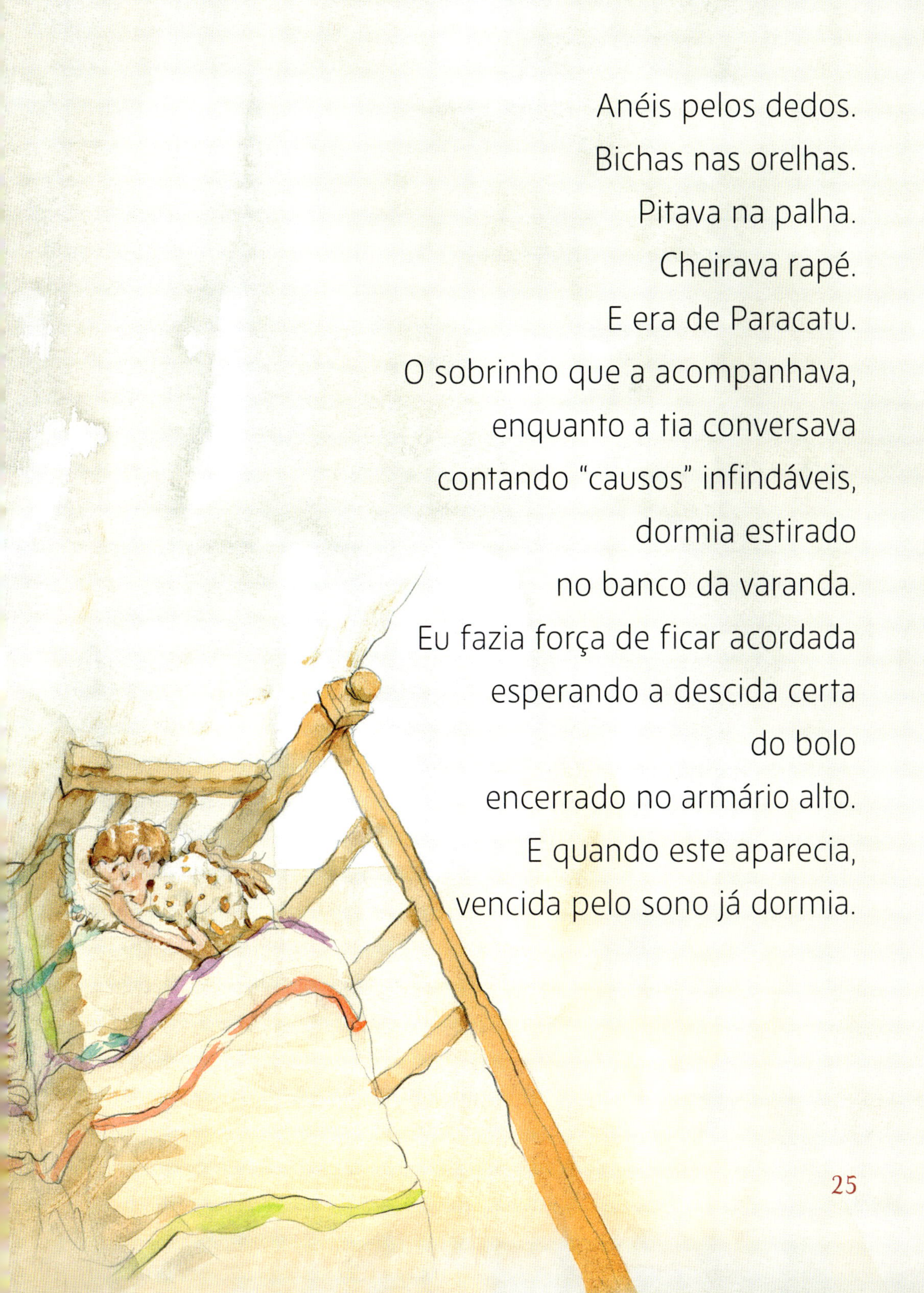

Anéis pelos dedos.
Bichas nas orelhas.
Pitava na palha.
Cheirava rapé.
E era de Paracatu.
O sobrinho que a acompanhava,
enquanto a tia conversava
contando "causos" infindáveis,
dormia estirado
no banco da varanda.
Eu fazia força de ficar acordada
esperando a descida certa
do bolo
encerrado no armário alto.
E quando este aparecia,
vencida pelo sono já dormia.

E sonhava com o imenso armário
cheio de grandes bolos
ao meu alcance.

De manhã cedo
quando acordava,
estremunhada,
com a boca amarga,
– ai de mim –
via com tristeza,
sobre a mesa:
xícaras sujas de café,
pontas queimadas de cigarro.
O prato vazio, onde esteve o bolo,
e um cheiro enjoado de rapé.

• Sobre o ilustrador •

LELIS nasceu em Montes Claros, no sertão de Minas Gerais. Depois disso, fez um tantão de coisas.

Além desse tantão de coisas, ilustrou muitos livros e escreveu sete: *Saino a Percurá*, *Cidades do ouro*, *Hortência das tranças*, *Anuí*, *Reconexão*, *Fronteiras* e *En Fuite!*

Destes, *Hortência das tranças* foi finalista do Prêmio Jabuti na categoria Infantil, ganhou o Prêmio Guavira da Fundação de Cultura de Mato Grosso do Sul e o selo Altamente Recomendável da Fundação Nacional do Livro Infantil e Juvenil na categoria Criança.

Arquivo pessoal

Sobre a autora

CORA CORALINA nasceu em Villa Boa de Goyaz, agora apenas Goiás, em 1889. Embora escrevesse desde mocinha, seu primeiro livro foi publicado em 1965, quando tinha 76 anos. Em prosa e poesia, seus livros revelam uma sábia mulher contando de sua terra e de sua gente, com paixão. Ao escrever sobre seu mundo, consegue ser entendida por todos. Essa admirável escritora nos deixou em 1985.

Carlos Drummond de Andrade escreveu: "Cora Coralina é a pessoa mais importante de Goiás. Mais que o governador, as excelências, os homens ricos e influentes do Estado [...] Cora Coralina, um admirável brasileiro."

Arquivo pessoal

OUTRAS OBRAS DE CORA CORALINA

As cocadas

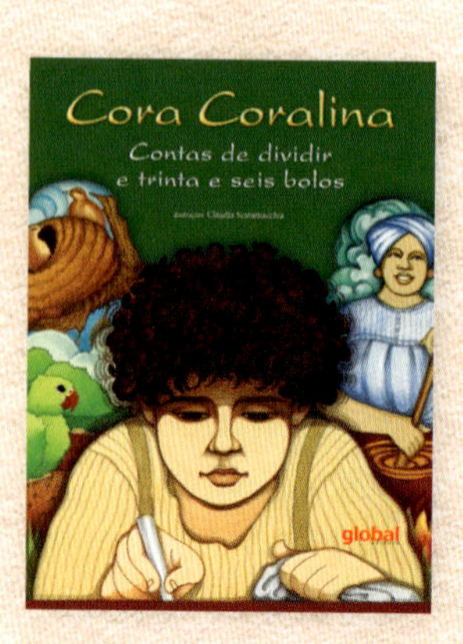

Contas de dividir e trinta e seis bolos

De medos e assombrações

Lembranças de Aninha

A menina, o cofrinho e a vovó

Os Meninos Verdes

A moeda de ouro que um pato engoliu

Poema do milho

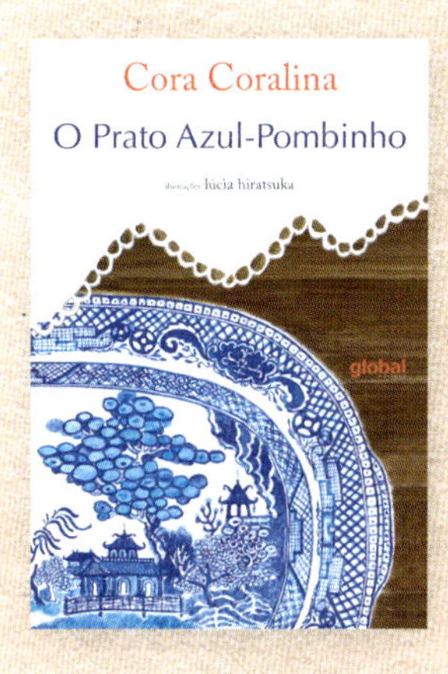

O prato azul-pombinho